L'AMOUR

ET LE

CÉLIBAT.

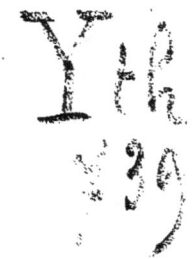

L'AMOUR

ET LE

CÉLIBAT,

COMÉDIE EN UN ACTE ET EN VERS,

PAR M. VERDIÉ.

A BORDEAUX,

DE L'IMPRIMERIE DE LA VEUVE J.-B. CAVAZZA,

RUE DES LOIS, N.º 13, PRÈS LA PORTE-BASSE.

1819.

PERSONNAGES.	ACTEURS.
M. DURANT, oncle de Dorval.	M.
DORVAL.	M.
LAFLEUR, domestique de M. Durant.	M.
HORTENSE.	M.
LISETTE, suivante d'Hortense.	M.

Le théâtre représente un salon, dans lequel on voit de chaque côté l'entrée d'un appartement; celui du côté droit de l'acteur est occupé par Hortense, et l'autre par M. Durant et son neveu; quelques fauteuils sont placés dans le salon.

La scène se passe à Paris.

L'AMOUR ET LE CÉLIBAT,

COMÉDIE EN UN ACTE ET EN VERS.

SCENE I.re

M. DURANT, DORVAL, *sortant de leur appartement.*

M. DURANT *tenant une lettre ouverte à la main.*

Hé bien, mon cher Dorval, en faut-il davantage
Pour vous faire à jamais haïr le mariage;
Enfin, vous le voyez, Damont par ses aveux
Nous apprend que l'hymen l'a rendu malheureux;
Je frémis aux détails que contient cette lettre;
Or, si j'ai désiré vous la faire connaître,
C'est pour vous préserver d'un semblable malheur,
Et conserver la paix qui règne en votre cœur;
Vous l'entendez, Damont, en prenant une femme,
Confesse avoir perdu le repos de son ame,
Qu'il est au désespoir, qu'il n'a plus tout son bien,
Que grâce à son épouse il ne lui reste rien,
Que c'est un vrai démon, un être détestable
Qui lui rend chaque jour la vie insupportable;
Enfin, termine-t-il, en me parlant de vous,
Prenez garde à Dorval qu'il ne devienne époux,
Représentez-lui bien qu'il n'est pas d'esclavage
Plus dur à supporter que celui du ménage,
Que s'il veut bien m'en croire, et suivre ma leçon,
Pour ne pas s'y livrer il restera garçon.
Ainsi, mon cher neveu, voilà qui vous regarde,
Il est vrai que je sais que vous êtes en garde

Contre ce qui pourrait troubler votre repos ;
Mais on ne saurait trop vous tenir ces propos,
Les jeunes gens sont vifs, et dans l'extravagance
Se laissent entraîner faute d'expérience ;
J'espère, cependant, vous voir remplir les vœux
D'un oncle dont le but est de vous rendre heureux.

DORVAL.

Je vous ai fait serment, et je le renouvelle,
De vous prendre toujours pour guide et pour modèle.

M. DURANT.

Dorval, vous le voyez, exempt de tout chagrin,
Votre oncle chaque jour compte des jours sereins,
Je n'ai point à souffrir les pénibles disgrâces
Que l'hymen tôt ou tard fait naître sur ses traces ;
Libre dans mes désirs, sans cesse en liberté,
Rien ne trouble le cours de ma tranquillité,
Les peines, les soucis ni la mélancolie
N'ont jamais altéré ma physionomie,
Vous me voyez toujours gai, dispos et content,
Ainsi, mon cher Dorval, sachez en faire autant.

DORVAL.

De vos prudens conseils je sais trop faire usage
Pour ne pas détester et fuir le mariage ;
Je suis trop pénétré de votre heureux état
Pour voir que rien n'est beau comme le célibat ;
Je conviens avec vous que l'amour est un crime,
Et je veux imiter un oncle que j'estime.

M. DURANT.

Vous savez qu'à ce prix tout mon bien est à vous,
Le sort qui vous attend doit vous paraître doux ;

Mais si jamais Dorval parle de mariage,
Il ne doit plus compter sur ce bel héritage,
Telle est ma volonté.

DORVAL.

Je veux vous obéir,
Et si jamais l'amour chez moi se fait sentir,
Je viens auprès de vous avec cette assurance
Que vous vous armerez pour prendre ma défense.

M. DURANT.

Vous pouvez y compter, mais évitez toujours,
Autant que vous pourrez, des femmes les discours :
Allons, veuillez rentrer, occupez-vous à lire,
Moi je sors un instant, allez.

DORVAL.

Je me retire.

SCENE II.

M. DURANT seul.

Comme il a l'air soumis, c'est vraiment un bonheur;
Mais depuis quelques jours je le trouve rêveur,
Aurait-il par hasard quelque intrigue amoureuse?
Voudrait-il me cacher? oh ! l'idée est affreuse.

SCENE III.

M. DURANT, LAFLEUR.

M. DURANT.

Ah ! te voilà Lafleur, qu'a dit mon avocat?

LAFLEUR.

Que votre affaire était dans le meilleur état,
Qu'il la menait bon train, et que dans cette année
Vous auriez le plaisir de la voir terminée.

M. DURANT.

Attendre si long-temps; mais rien n'est plus fâcheux,
D'avoir de tels procès que l'on est malheureux.

LAFLEUR.

Certain de le gagner vous ne devez rien craindre,
Et c'est mal à propos que je vous entends plaindre;
De plus, en attendant qu'il se termine un jour,
Vous voyez de Paris l'agréable séjour :
Or, on n'est jamais mieux que dans la capitale.

M. DURANT.

Cesse de me vanter cette ville infernale,
Où l'on trouve par-tout, sous de trompeurs appas,
Des piéges, des complots, des écueils sous ses pas.

LAFLEUR.

Jamais je ne vous vis me parler de la sorte,
Non, je n'y comprends rien ou le diable m'emporte;
Monsieur, expliquez-vous, d'où provient cette humeur?
Quelque belle aurait-elle attaqué votre cœur?
L'amour, à soixante ans, jaloux de sa puissance,
Oserait-il venir troubler votre existence?
D'apprendre un tel malheur vous me voyez trembler.

M. DURANT.

Maraud, c'est bien de moi dont je veux te parler;
Je ne redoute point de l'amour les atteintes,
Mais je dois pour Dorval avoir de fières craintes.

LAFLEUR.

Pouvez-vous bien avoir le plus léger soupçon
Contre votre neveu, lui, ce pauvre garçon,
Qui se croirait perdu s'il regardait en face
Un de ces beaux minois à qui chacun rend grâce ;
Lui qui devant le sexe est plus craintif cent fois
Qu'un cerf que des chasseurs ont réduit aux abois ;
Qu'une tendre brebis que le loup plein de rage
Emporte sur son dos pour en faire un carnage ;
Qu'un malheureux oiseau, dans son triste séjour,
Qui voit fondre sur lui les griffes d'un vautour.
Non, Monsieur, croyez-moi, Dorval n'est point capable,
En matière d'amour, de se rendre coupable ;
Il est trop satisfait, trop content de son sort,
Ainsi, le soupçonner, c'est vraiment avoir tort.
Tenez,..... lundi dernier, du moins il me le semble,
Pour aller quelque part nous sortîmes ensemble,
Voyant une beauté, j'osai lui demander
Comment il la trouvait, exprès pour le sonder ;
Il s'arrête à l'instant, puis prenant la parole,
Il me dit d'un ton sec que je n'étais qu'un drôle,
Que si je m'avisais de tenir ces discours,
Il me ferait chasser de chez vous pour toujours ;
Je le sollicitai de ne rien vous en dire,
Pour mieux jouer mon rôle.

M. DURANT.

Ah ! Lafleur, je respire.
Je ne te cache pas que ce récit flatteur
Détruit tous les soupçons que j'avais sur le cœur ;
Je vois bien que Dorval est rempli de mérite,
Mais il faut cependant veiller sur sa conduite,

De ne point le quitter je t'impose la loi.

LAFLEUR.

Monsieur, comme sur vous comptez toujours sur moi,
Je vous réponds de lui.

M. DURANT *en sortant.*

Je me fie à ton zèle.

LAFLEUR.

Lafleur sera toujours un serviteur fidèle.

SCENE IV.

DORVAL, LAFLEUR.

LAFLEUR.

Ah ! vous voilà, Monsieur, pourquoi donc vous montrer,
Votre oncle m'a chargé de vous faire rentrer.

DORVAL.

Conviens donc avec moi que rien n'est plus indigne.

LAFLEUR.

Ma foi j'en suis fâché, mais telle est ma consigne ;
Heureusement pour vous que j'en fais peu de cas ;
Mais il m'est ordonné de veiller sur vos pas.

DORVAL.

Je me lasse à la fin d'avoir un pareil maître.

LAFLEUR.

Je vous ai dit cent fois qu'il faut l'envoyer paître.
Comment, quand vous brûlez du plus ardent amour,
Et qu'un aimable objet vous adore à son tour,

Je vous vois obligé d'en faire un sacrifice,
Pour suivre aveuglement d'un oncle le caprice !
Songez donc que mes soins deviennent superflus,
Et que dorénavant je ne m'en mêle plus,
Si je n'entends bientôt parler de mariage.

DORVAL.

Mais si je dis un mot je perds tout l'héritage.

LAFLEUR.

Vous perdez, dites-vous, et qu'importe le bien ?

Où le bonheur n'est pas la fortune n'est rien :
On est toujours heureux près de l'objet qu'on aime;
Or, on ne cherche pas à l'être pour soi-même.

DORVAL.

Que va dire mon oncle ? il sera furieux
Si jamais je lui fais de semblables aveux;
Il va m'anéantir du poids de sa colère,
Car tu sais sur ce point combien il est sévère.

LAFLEUR.

Et que redoutez-vous, quand pour vous établir
Vous renoncez, Monsieur, à ces biens à venir ?
D'un esclavage affreux votre hymen vous délivre;
Votre oncle a pour le moins encor trente ans à vivre,
Et j'aimerais bien mieux n'avoir jamais le sou,
Que de passer ma vie auprès de ce vieux fou.

DORVAL.

Je conviens avec toi que c'est un peu terrible;
Mais écoute-moi donc, s'il nous était possible
D'arranger tout ceci d'une telle façon
Que mon oncle aurait tort et que j'aurais raison,

Ce ne serait pas mal; car, vois-tu bien, j'enrage
Quand je vois que je perds un si bel héritage;
Et malgré ce qu'en dit le proverbe du jour,
La fortune, je crois, ne nuit point en amour.
Je m'abandonne à toi, voyons, cherche, examine :
Hé bien, tu ne dis mot.

LAFLEUR.

Attendez, je rumine,
Oui, c'est ça, justement; ô l'excellent projet!

DORVAL.

Voyons donc, quel est-il?

LAFLEUR.

Monsieur, c'est mon secret.

DORVAL.

Je ne te comprends pas, parle, daigne m'instruire.

LAFLEUR.

Ne vous mêlez de rien et laissez-vous conduire,
Continuez toujours d'agir de la façon,
Votre oncle va bientôt se prendre à l'ameçon;
Oui, vous serez heureux, et quoi qu'il puisse faire,
Je le corrigerai d'être célibataire,
Je veux que de l'amour il subisse la loi;
Ainsi, reposez-vous entièrement sur moi.

DORVAL.

Je veux bien t'accorder toute ma confiance,
Et si tu réussis,

LAFLEUR.

J'aurai ma récompense.

Quant à ça je le sais, vous êtes généreux ;
Mais apprenez, Monsieur, que nous sommes à deux :
Comme n'ignorant pas qu'elle est fine soubrette,
Je ne puis me passer des secours de Lisette ;
Elle entre dans mon plan, or vous devez penser
Que pour la faire agir il faut l'intéresser.

DORVAL.

Si vous me servez bien, et que je me marie
Sans que mon oncle ait droit de se mettre en furie,
Soyez sûrs, mes amis, que vous serez contens,
Je vous donne une dot de quatre mille francs.

LAFLEUR.

Ah ! Monsieur, à ce prix votre affaire est bien sûre ;
Mais ne disons plus rien, voici votre future,
Je vous laisse tous deux, et vais sur le balcon,
Crainte d'être surpris, me mettre en faction ;
Sur-tout soyez discret.

(Il sort par la grande porte du salon).

SCENE V.

HORTENSE, DORVAL.

DORVAL.

Bonjour, ma chère Hortense.

HORTENSE *d'un air craintif.*

Bonjour, mon cher Dorval.

DORVAL.

Soyez en assurance,

Mon argus est absent, et jusqu'à son retour
Nous pouvons en ces lieux parler de notre amour;
Heureux lorsque je puis vous tenir ce langage,
Je sens à chaque mot que mon cœur se soulage;
Rien n'est plus doux pour moi que cet heureux moment,
Où de vous adorer je vous fais le serment.

HORTENSE.

Dorval, vous connaissez le secret de mon ame,
Vous savez si mon cœur répond à votre flamme,
Si vous m'êtes bien cher; mais quel est notre espoir,
A peine est-il permis que nous puissions nous voir.

DORVAL.

Mon oncle, j'en conviens, me surveille sans cesse,
Mais malgré son erreur comptez sur ma tendresse;
Ne vous alarmez pas, je prétends le fléchir,
Et si je ne parviens à pouvoir l'attendrir,
Je brave son courroux.

SCENE VI.

HORTENSE, DORVAL, LAFLEUR.

LAFLEUR.

Monsieur, quittez la place,
Votre oncle suit mes pas.

DORVAL.

Quelle affreuse disgrâce!
Déjà nous séparer, ô contre-temps fatal!
Adieu, ma chère Hortense.

HORTENSE.

Adieu, mon cher Dorval.

SCENE VII.

LAFLEUR seul.

C'est fort bien ; maintenant, songeons à notre affaire :
D'abord, je ne veux point vivre en célibataire,
L'oncle est loin d'arriver, or je puis, à mon tour,
Avec Lisette ici parler de notre amour ;
C'est que tel qu'on me voit je suis un bon apôtre,
Qui ne céderais point ma partie à tout autre ;
Lisette me convient, elle m'adore ; ainsi,
Comme monsieur Dorval, je me marie aussi.

SCENE VIII.

LISETTE (elle vient de la ville), LAFLEUR.

LAFLEUR.

Salut au tendre objet pour lequel je soupire,
Et de qui les appas causent tout mon martyre.

LISETTE.

Peste, mon cher Lafleur, je m'aperçois vraiment
Que depuis quelques jours tu deviens très-galant.

LAFLEUR.

Oui, je veux te nommer ma reine, mon amante,
Te donner mille noms qu'un tendre amour invente ;
Tiens, pour en terminer sans autres questions,
Apprends qu'au seul aspect de tes deux yeux fripons,
Je ne puis contenir mon amoureuse flamme ;
Ainsi, c'est décidé, je te prends pour ma femme.

LISETTE.

Va, puisque tu le prends sur un semblable ton,
Ne demandant pas mieux, je ne te dis pas non;
Une fille toujours aspire au mariage;
Mais comment ferons-nous pour nous mettre en ménage,
Tu sais, mon cher Lafleur, que je n'ai pas de bien,
Toi, d'un autre côté, tu ne possèdes rien;
Ainsi je crois très fort, d'après ce que j'augure,
Que nous ferons ensemble une triste figure.

LAFLEUR.

D'entendre un tel discours je suis très-étonné,
Ne peut-on être heureux sans être fortuné?
Crois que j'ai de l'espoir, car ma bonne aventure
M'a dit qu'avant long-temps je roulerais voiture;
Or, tu sens avec moi que l'on peut bien s'unir
Quand on est assuré d'un pareil avenir;
Il me semble déjà que Lafleur et Lisette
Sont, parmi le bon ton, des gens à l'étiquette.

LISETTE.

Oui, mais on nous dira : ce sont des revêtus.

LAFLEUR.

Qu'importe ce qu'on dit quand on tient les écus;
Va, beaucoup de fripons regorgent de richesse,
Qui n'ont pas, comme toi, cette délicatesse.

LISETTE.

Je ne l'ignore point, mais comment parvenir,
Sans avoir des talens à pouvoir s'enrichir.

LAFLEUR.

Des talens, allons donc, ne sais-tu pas, ma chère,
Qu'aujourd'hui le plus sot est celui qui prospère;

Pour amasser du bien un peu de front suffit,
Et cela vaut bien mieux que d'avoir de l'esprit;
Combien voit-on de gens de profonde science
Qui sont les bras croisés sans moyens d'existence :
Ainsi, je pense donc que sans être bien fin,
Souvent de la fortune on trouve le chemin;
Tiens, par exemple, toi, si tu voulais le faire,
Tu peux en quatre mots faire une bonne affaire.

LISETTE.

Je le veux ; mais avant puis-je te demander
Ce qu'il faut que je dise.

LAFLEUR.

       Il faut me seconder,
Faire croire au barbon que ta jeune maîtresse
Brûle en secret pour lui d'une vive tendresse,
Qu'elle l'adore ; enfin, lui faire des aveux
Que tu t'inventeras pour le rendre amoureux :
Si nous réussissons, alors mon jeune maître
Pourra parler d'amour.

LISETTE.

      Mais c'est me compromettre.

LAFLEUR.

Quoi ! tu balancerais à servir deux amans
Qui nous font une dot de quatre mille francs;
Dorval les a promis, il nous tiendra parole,
Ainsi, fais tes efforts pour bien jouer ton rôle;
On trouve rarement à gagner pareil lot.

LISETTE.

Sans trop d'ambition je me rends à ce mot.

Je vais., de mon côté, faire tout mon possible
Pour soumettre ce cœur qui se dit iuvincible;
Je veux lui faire voir, avant la fin du jour,
Qu'un mortel tôt ou tard doit connaître l'amour;
Mais entendons-nous bien, premièrement,

LAFLEUR *apercevant M. Durant.*

Silence !

Rentre vîte chez toi, le voici qu'il s'avance.

LISETTE.

Bonjour, monsieur Lafleur.

LAFLEUR *affectant de l'humeur.*

Trève de complimens,
A me parler ainsi vous perdez votre temps ;
Je vois ce qu'il en est, allez, mademoiselle,
On lui résistera, malgré qu'elle soit belle.

SCENE IX.

LAFLEUR, M. DURANT.

M. DURANT.

Qu'as-tu, mon cher Lafleur?

LAFLEUR.

Oh ! le coup est cruel;
Monsieur, dépêchons-nous, sortons de cet hôtel.

M. DURANT.

Qu'est-il donc arrivé? veuilles bien m'en instruire,
Quelqu'un m'a-t-il fait tort?

LAFLEUR.

Hélas, c'est bien plus pire;

Ne m'interrogez pas.

M. DURANT.

Mais tu perds la raison.

LAFLEUR.

Non, Monsieur, croyez-moi, quittons cette maison ;
Je ne pourrais jamais vous compter l'aventure,
Sans faire à votre cœur une large blessure ;
Ainsi, je ne veux point vous mettre au désespoir.

M. DURANT.

Lafleur, dès ce moment je prétends tout savoir.

LAFLEUR.

Puisque vous m'y forcez, je ne puis m'en défendre,
Mais vous allez frémir quand vous allez apprendre
Que Lisette en secret m'a fait ici l'aveu
Que sa jeune maîtresse

M. DURANT.

Adore mon neveu.

J'en avais le soupçon ; oui, cette idée affreuse
Me causait du chagrin, et mon ame rêveuse
Semblait me présager ce funeste malheur,
Qui trouble mon esprit et me met en humeur.
Je gage que Dorval répond à sa tendresse,
Et que son cœur épris se livre avec ivresse ;
Mais je vais l'en punir : lui qui dans le moment
De ne jamais aimer me faisait le serment,
Il ose être amoureux, ce n'est pas pardonnable.

LAFLEUR.

Vous vous trompez, Monsieur, Dorval n'est point coupable.
Je puis vous assurer, sans feinte et sans détour,
Que ce n'est pas pour lui qu'Hortense a de l'amour :
Vous allez, j'en suis sûr, faire le diable à quatre,
Mais il n'est pas moins vrai qu'elle vous idolâtre ;
Oui, Monsieur, c'est de vous dont il est question,
Et non pas de Dorval.

M. DURANT.

Ah! le pauvre garçon,
Je l'accusais à tort..... Tu me dis donc qu'Hortense....

LAFLEUR.

Depuis plus de trois mois vous adore en silence ;
Lisette d'un air fin, faisant semblant de rien,
M'a tout communiqué durant notre entretien ;
Mais il fallait me voir comme je l'ai reçue,
Elle croyait vraiment que j'avais la berlue,
Que je ne voyais pas, dans ce discours flatteur,
Qu'on me chargeait du soin de toucher votre cœur.

M. DURANT.

Voyez donc ce que c'est ; et que te disait-elle ?

LAFLEUR.

Qu'elle enrageait de voir sa maitresse, aussi belle,
Ne vouloir épouser qu'un vieillard tel que vous,
Tandis qu'elle pouvait choisir un jeune époux ;
Qu'elle vous aimait fort, que votre caractère
Lui rendait chaque jour votre personne chère,
Et qu'Hortense en secret lui dit, de temps en temps,
Qu'on ne vous donnerait pas plus de quarante ans ;

Que vous lui conveniez, mais que c'est grand dommage
Que l'on ne puisse pas vous parler mariage ;
Enfin, que sais-je encor tout ce qu'elle me dit.

M. DURANT.

Et qu'as-tu répondu ?

LAFLEUR.

Qu'elle perdait l'esprit,
Qu'on avait beau prêcher, qu'il était impossible
De rendre votre cœur à l'amour accessible.

M. DURANT.

C'est bien... oui... c'est fort bien... je n'aurais pas mieux fait.

LAFLEUR *à part.*

Bon, ça ne prend pas mal, le voilà tout distrait ;
J'espère lui donner bien du fil à retordre,
Et mettre son esprit tout à fait en desordre.

M. DURANT *à part.*

Puis-je bien écouter tout ceci de sang-froid.

LAFLEUR.

Monsieur a-t-il besoin que j'aille en quelque endroit ?

M. DURANT.

Non pas pour le moment, mais mon neveu s'ennuie,
Ainsi, va le trouver et fais-lui compagnie ;
J'ai besoin d'être seul.

LAFLEUR.

Monsieur, cela suffit.

SCENE X.

M. DURANT *seul.*

Voyons réfléchissons à tout ce qu'il m'a dit,
Jamais je n'ai senti ce que mon cœur éprouve,
Et je ne conçois pas l'état où je me trouve,
L'amour sur mes vieux ans, pour la première fois,
Viendrait-il à la fin me ranger sous ses lois;
On dit que tôt ou tard il faut payer sa dette,
Je commence à le croire, et cela m'inquiète :
Cependant, quand je songe à ce qu'a dit Lafleur,
Je ne vois pas vraiment que ce soit un malheur ;
On m'aime, hé bien, tant mieux, quand on est à mon âge,
On doit mettre à profit un pareil avantage ;
Je suis encore verd, Hortense a des appas,
Pourquoi donc, à mon tour, ne l'aimerais-je pas ;
Il me semble, vraiment.... Mais comment vais-je faire,
Moi qu'on a vu toujours vivre en célibataire,
Détester de l'hymen l'enchaînement fatal,
Et toujours sur ce point persécuter Dorval,
Puis-je de bonne foi, sans être ridicule,
Former cette union.... Esprit faible et crédule,
Insensé que je suis, puis-je bien sans frémir
Parler de la façon, non, je devrais rougir ;
Va, fuis loin de mes yeux perfide enchanteresse,
Pour me séduire en vain tu parles de tendresse,
Je te résisterai quels que soient tes appas,
Et de tout ton amour je ferai peu de cas,
Mais pourquoi donc tenir cet horrible langage,
Qui fait qu'à chaque mot je sens que je l'outrage ?

Qui peut causer le mal dont je suis tourmenté,
Et qui met mon esprit dans la perplexité ?
Serait-ce bien l'amour ! ô douleur trop cruelle !

SCENE XI.

LISETTE, M. DURANT.

LISETTE.

Bien le bonjour, Monsieur.

M. DURANT.

         Bonjour, Mademoiselle ;
Venez-vous en ces lieux pour faire des progrès,
Et tâcher d'obtenir quelques brillans succès :
Vous perdez votre temps.

LISETTE.

         Que prétendez-vous dire ;
Monsieur, de tels propos font que je me retire.

M. DURANT.

Lisette, réponds-moi, qu'as-tu dit à Lafleur ?

LISETTE.

Dieu ! quel emportement, je frisonne de peur ;
En vérité ce ton me glace d'épouvante,
Et comme vous voyez j'en suis toute tremblante.

M. DURANT.

Hé bien, rassure-toi ; mais dis-moi mot à mot.

LISETTE.

Monsieur, je vois fort bien que Lafleur est un sot,

Un brouillon, un bavard, un être détestable,
Enfin, un rapporteur qui, pour faire l'aimable,
Est venu vous tenir, le tout mal à propos,
D'inutiles discours qui, je gage, sont faux.

M. DURANT.

Parle-moi franchement, n'as-tu pas dit qu'Hortense ?.....

LISETTE.

Oui, mais je l'ai prié de garder le silence,
Et je vois maintenant que c'est un indiscret,
Qui n'est pas dans le cas de garder un secret ;
Il doit pourtant savoir qu'entre nous, domestiques,
Qui ne nous mêlons point d'affaires politiques,
Nous aimons à jaser, et cela nous instruit
De ce qu'un maître a fait ou de ce qu'il a dit.

M. DURANT.

Lafleur m'a rapporté que ta maitresse m'aime.

LISETTE.

Certainement, Monsieur, et d'un amour extrême ;
J'en suis au désespoir, car, soit dit entre nous,
Elle ne cesse pas de me parler de vous ;
Mais vous devez penser que je lui fais entendre
Qu'elle soupire en vain, n'ayant rien à prétendre,
Que l'amour le plus vif ne saurait vous toucher,
Que vous avez le cœur aussi dur qu'un rocher,
Qu'elle a beaucoup de tort, qu'elle est digne de blâme
De songer à quelqu'un qui ne veut point de femme.

M. DURANT.

Je te suis obligé de toutes tes leçons.

LISETTE.

Je la détrompe aussi par bien d'autres raisons,
Je lui fais entrevoir que vous êtes sur l'âge.

M. DURANT.

A part.

Tu me crois donc bien vieux ?   Oh ! pour le coup j'enrage.

LISETTE.

Non, Monsieur, mais encor, convenez qu'un époux
Doit être bien plns jeune et moins cassé que vous,
Car on n'a qu'à vous voir, pour deviner sans peine
Que vous comptez au moins près de la soixantaine ;
Ainsi, vous pensez bien que se serait fort mal
De ue pas la guérir de cet amour fatal.

M. DURANT.

Et que t'importe à toi, si telle est son envie.

LISETTE.

Mais, Monsieur, songez-donc que c'est une folie :
Avec ses qualités, Hortense assurément
Peut, quand il lui plaira, choisir un jeune amant ;
Elle est riche, et l'on sait qu'elle vit de ses rentes,
Qu'elle doit hériter, à la mort de deux tantes,
D'un bien qui vaut au moins près de cent mille francs ;
De plus, vous le savez, elle n'a pas vingt ans,
Elle est belle, elle est bonne, un esprit admirable,
Chacun vante partout son caractère aimable,
Honnête, sans défaut que l'on puisse blàmer,
Si ce n'est le malheur qu'elle a de vous aimer ;
Mais je ferai si bien qu'il faut qu'elle y renonce :
Oui, Monsieur, je le jure. *A part.* Attendons sa réponse.

M. DURANT.

Lisette, sais-tu bien que tout ce que j'entends....

LISETTE.

Je sais que tout cela ne fait rien sur vos sens,
Que votre grand bonheur et votre chère envie
Sont de rester garçon durant toute la vie;
Ainsi, vous conviendrez qu'il est de mon devoir
D'empêcher un amour dont on n'a nul espoir.

M. DURANT.

Qui peut te l'avoir dit? Tu te trompes, Lisette;
Dans ce moment l'amour me tracasse la tête,
Et si jusqu'à présent j'ai su lui résister,
C'est que rien d'aussi beau n'est venu me tenter :
Oui, ce que tu me dis de l'adorable Hortense
Ne peut être accueilli par de l'indifférence,
Mon cœur semble déjà partager son amour,
Et me dit en secret que je l'aime à mon tour.

LISETTE.

Quoi! vous l'épouseriez sans nulle répugnance,
Vous qui faites un dieu de votre indépendance,
Et qui traitez toujours le sexe féminin
Avec antipathie, aigreur, haine et dédain!
En vérité, Monsieur, ma surprise est extrême.

M. DURANT.

Eh! que vas-tu chercher; je te dis que je l'aime,
Oui, je l'épouserai; je serais un ingrat
Si je n'avais égard à son pénible état;
La pauvre m'adorait et n'osait me le dire,
Puis-je être assez cruel pour causer son martyre;

Non, non, va la trouver, et dis-lui de ma part
Que je suis bien fâché de l'avoir su si tard ;
Mais qu'elle peut compter sur toute ma tendresse ,
Que de nous voir unis déjà le temps me presse ,
Qu'elle peut disposer de ma main , de mon cœur ,
Et que je lui promets de faire son bonheur ;
Prends bien garde , sur-tout , d'agir avec prudence,
Que Lafleur ni Dorval n'en aient point connaissance ;
(Il lui présente une bourse).
Tiens , ma chère Lisette , accepte ce présent ,
Et sers-moi comme il faut.

LISETTE.

           Moi, prendre de l'argent !
Pour qui me prenez-vous ? J'ai l'ame délicate,
Et je ne pense pas qu'ici Monsieur se flatte
De rencontrer en moi quelqu'un qu'on fait agir,
Quand mes intentions sont de le desservir ;
Je connais ma maîtresse , et la moindre parole
Venant de votre part la rendrait bientôt folle.

M. DURANT.

Elle m'aime donc bien ?

LISETTE.

           Comme je vous l'ai dit,
Au point que son amour lui fait tourner l'esprit ;
Car il faut être fou pour écrire une lettre,
Et sur-tout à quelqu'un qu'on a peine à connaître ;
Enfin , Monsieur, voyez, la lettre que voici
Est écrite pour vous ; mais je l'ai , Dieu merci,
Et je ne la rends point , car ma délicatesse....

M. DURANT.

Tu dis qu'elle est pour moi !

LISETTE *sans lui donner la lettre.*

Tenez, lisez l'adresse.

M. DURANT.

En effet, c'est mon nom ; remets-moi cet écrit.
(M. Durant y porte la main , et tous les deux tiennent la lettre).

LISETTE.

L'honneur me le défend.

M. DURANT.

Il ne sait ce qu'il dit ;

Voyons, donne-le moi.
*(Ici M. Durant glisse sa bourse dans la main de Lisette ,
qui tient la lettre et qui a l'air de ne pas vouloir la lâcher ;
après un court débat , M. Durant enlève la lettre , et la bourse
reste à Lisette).*

LISETTE *en se débattant.*

Monsieur , je le déchire ;

Non , vous ne l'aurez pas.

M. DURANT.

Je le tiens.

LISETTE *à part et faisant sauter la bourse dans sa main.*

Il peut lire.

M. DURANT *décachetant la lettre.*

Voyons le contenu. *(Il lit).* « Monsieur, depuis long-temps
» Vous m'avez inspiré de tendres sentimens ;
» Mon cœur brûle pour vous.....

LISETTE.

Voyez quelle indiscrète.

M. DURANT.

Ah ! ne m'interrompts pas.

SCENE XII.

LISETTE , HORTENSE , M. DURANT , LAFLEUR *paraît à*
la porte de l'appartement et semble écouter.

HORTENSE.

Que faites-vous , Lisette ?
Lorsque je vous attends , pourquoi vous amuser.

M. DURANT.

Pardonnez , car c'est moi qui l'ai faite causer.

HORTENSE.

A M. Durant.   *A Lisette.*
Alors , je n'en dis rien.   Rentrez , Mademoiselle.

LISETTE *à Lafleur, en rentrant.*

Tout va se découvrir.

LAFLEUR *à la porte de l'appartement.*

Je ferai sentinelle.

SCENE XIII.

HORTENSE, M. DURANT, LAFLEUR , *à la porte , a l'air*
de faire signe à Dorval *de venir ; il se montre et écoute avec*
Lafleur.

M. DURANT *à part.*

Elle veut me parler, commençons l'entretien.

Haut. Comment vous portez-vous ? La santé....

HORTENSE.

Va fort bien.

M. DURANT.

J'en suis plus que ravi, ma joie en est parfaite.

HORTENSE.

Monsieur, assurément vous êtes bien honnête,
Je dois vous savoir gré d'un si vif intérêt.

M. DURANT.

Peut-on en prendre trop pour un aimable objet.

HORTENSE.

Mais vous me surprenez ; serait-ce un badinage !
Je ne vous vis jamais me tenir ce langage.

M. DURANT.

Il dépendait de vous ; si vous m'eussiez instruit....

HORTENSE.

Quoi ! Monsieur, vous savez !

M. DURANT.

Lisette m'a tout dit ;
N'allez pas la gronder, c'est moi qui l'ai contrainte.

HORTENSE *à part.*

Ne nous découvrons pas, car ce n'est qu'une feinte.
Haut. En vérité, Monsieur, Lisette a fait fort mal,
Car je puis vous jurer ne point aimer Dorval :
Je ne dis pourtant pas qu'il ne soit fort aimable,
Mais son air de froideur le rend désagréable ;
Il semble vouloir fuir le monde et ses appas,
Et craint de rencontrer la beauté sur ses pas ;

Souvent il m'a parlé, mais d'une voix farouche,
Jamais le mot amour n'est sorti de sa bouche;
Ainsi, Monsieur, croyez qu'un cœur tel que le sien
Ne parviendrait jamais à captiver le mien;
De plus, les jeunes gens....

M. DURANT.

Que j'aime à vous entendre.
Oui, cet écrit flatteur me fait assez comprendre.

SCENE XIV.

HORTENSE, M. DURANT, DORVAL, LAFLEUR.

LAFLEUR *en sortant de l'appartement avec Dorval.*

Mais, Monsieur, je vous dis que ce n'est pas cela.

DORVAL.

Mon oncle, s'il vous plaît, chassez ce maraud-là.

M. DURANT.

A part   *Haut.*

Peste soit des coquins.   Allez vous-en au diable.
A-t-on jamais rien vu de plus insupportable :
Que me demandez-vous, qui vous a fait venir?

A Hortense.

Je vais les renvoyer.

LAFLEUR *à Dorval.*

Sachez vous contenir.

HORTENSE.

Non, Monsieur, pardonnez, c'est moi qui me retire.

M. DURANT.

Hortense, permettez que j'aille vous conduire.
(Ils se saluent à la porte d'Hortense; elle rentre).

LAFLEUR.

Ne les dérangeons pas, tout ceci va fort bien.

SCENE XV.

M. DURANT, DORVAL, LAFLEUR.

M. DURANT.

Je voudrais bien savoir....

LAFLEUR.

Eh ! mon Dieu, ce n'est rien.
Je disais à Monsieur que la lune est nouvelle,
Il prétend que c'est faux, voilà notre querelle.

DORVAL.

Pourquoi me soutiens-tu, quand je te dis que non.
Mon oncle, dites-moi si je n'ai pas raison ;
Personne mieux que vous n'est au cours de la lune.

M. DURANT.

Messieurs, cet entretien me choque et m'importune,
Vous me cassez la tête avec votre mic-mac ;
Me prenez-vous ici pour être un almanach :
J'ai d'autres embarras ; vous ignorez sans doute
Que demain au plus tard vous vous mettez en route,
Que je suis obligé de vous faire partir,
D'après un accident qui vient de survenir.

DORVAL.

Quel est donc le motif de ce fatal voyage ?

M. DURANT.

La rivière à mes biens a fait un grand ravage ;
Ainsi donc vous ferez réparer tout le mal.

LAFLEUR.

Peut-être ce n'est pas, car j'ai lu le journal,
Il n'en dit pas un mot.

DORVAL *à part.*

O l'affreuse nouvelle !

M. DURANT *montrant la lettre de Lisette.*

La lettre que voici vient d'un ami fidèle,
Il me prie instamment de me rendre chez nous ;
Mais mon procès m'arrête, et je compte sur vous.

DORVAL.

Ne nous séparons pas, mon oncle, je vous prie ;
En me faisant partir vous m'arrachez la vie,
Vous savez que sans vous je ne puis exister,
Ainsi, permettez-moi de ne point vous quitter.

M. DURANT.

Dorval, soyez certain que ce départ m'afflige,
Mais vous devez sentir que l'intérêt l'exige.

LAFLEUR.

Monsieur, écoutez-moi, laissez-nous quelques fonds,
Partez, et comme vous ici nous plaiderons ;
Nous ne manquerons pas une seule audience.

M. DURANT.

Je vous prierai, Lafleur, de garder le silence,
Je parle avec Dorval.

LAFLEUR.

Ah ! Monsieur, pardonnez.

M. DURANT.

Ne vous mêlez donc plus d'y mettre votre nez.

3

DORVAL.

Hé bien, puisqu'il le faut, malgré ce qu'il m'en coûte,
Je veux vous obéir, j'entreprendrai la route ;
Mais daignez m'accorder encore quelques jours.

M. DURANT.

Je ne puis écouter de semblables discours ;
Je me lasse à la fin de toutes ces grimaces,
Et je vais au bureau pour retenir vos places.

DORVAL.

Mon oncle, écoutez-moi.

M. DURANT.

Vous partirez, c'est dit.

SCENE XVI.

DORVAL, LAFLEUR.

DORVAL.

Voilà, monsieur Lafleur, où vous m'avez conduit.

LAFLEUR.

Il est vrai que j'ai fait une grande sottise ;
Oui, Monsieur, grondez-moi quand tout vous favorise,
Armez-vous d'un bâton, assommez-moi de coups,
Pour me récompenser d'avoir tout fait pour vous.

DORVAL.

Mais tu vois que mon oncle exige que je parte,
Et je suis assuré......

LAFLEUR.

Votre oncle perd la carte ;
L'amour, grâce à mes soins, chez lui se fait sentir,
Ainsi c'est le moment de lui tout découvrir.

DORVAL.

Je n'oserai jamais lui tenir ce langage.

LAFLEUR.

Alors, renoncez-donc à votre mariage.

DORVAL.

Peux-tu bien me donner de semblables avis.

LAFLEUR.

Et que ne faites-vous tout ce que je vous dis ;
N'appréhendez-vous pas qu'Hortense se dégoûte,
Et que de but en blanc elle se mette en route ;
Nulle affaire à Paris ne peut la retenir,
Car vous n'ignorez pas qu'elle y vient par plaisir ;
Or, vous serez bientôt sans aucune espérance,
Si vous vous obstinez à garder le silence ;
Moi, d'un autre côté, je me vois compromis,
Puisque je perds l'argent que vous m'avez promis.

DORVAL.

Que j'aurais de plaisir à payer cette dette.

LAFLEUR.

Épousez-donc Hortense et j'épouse Lisette,
Que votre oncle en entrant apprenne tout ceci.

DORVAL.

Je ferai mes efforts.

LAFLEUR.

Justement les voici.

SCENE XVII.

LISETTE, HORTENSE, DORVAL, LAFLEUR.

HORTENSE.

Enfin, mon cher Dorval, tâchez donc de m'instruire
De tout ce que votre oncle a bien voulu me dire,
Jamais je ne le vis, avec tant de gaîté,
M'entretenir d'amour, de sensibilité;
Il était sur le point de parler mariage,
Quand vous l'avez troublé.

LAFLEUR.

                C'est ma foi bien dommage.

DORVAL.

A ce que dit Lafleur, mon oncle est amoureux.

LISETTE.

Personne mieux que moi ne sait quels sont ses vœux.

HORTENSE.

Je crois m'apercevoir de quelque stratagème.

LAFLEUR.

Hé bien, apprenez donc que mon maître vous aime,
Et que Lisette et moi, par un certain détour,
Nous avons au vieillard fait connaître l'amour.

HORTENSE.

Lisette, à quel propos m'avez-vous compromise.

LISETTE.

Puisque je dois ici parler avec franchise,

Voyant que votre amour vous faisait trop languir,
J'ai cru que mon devoir était de vous servir ;
Au caprice d'un fou vous ne pouviez répondre,
Maintenant d'un seul mot vous pouvez le confondre.

HORTENSE.

De semblables moyens me font désespérer.

DORVAL.

Sur-tout quand vous saurez qu'il veut nous séparer.

HORTENSE.

Vous me faites frémir.

DORVAL.

Ne craignez rien, Hortense,
Vous connaîtrez bientôt le prix de ma constance,
Je jure à vos genoux de vous aimer toujours,
Et de vous consacrer le reste de mes jours.

(Il est à genoux).

SCENE XVIII.

LISETTE, HORTENSE, M. DURANT, DORVAL, LAFLEUR.

(Dorval se lève lorsqu'il aperçoit son oncle)

M. DURANT *entre précipitamment et s'arrête tout à coup.*

En croirai-je mes yeux ! Juste ciel, quel outrage !

LAFLEUR *bas à Dorval.*

Monsieur, c'est le moment, armez-vous de courage.

M. DURANT.

Fort bien , mon cher neveu , ne vous dérangez pas.

LISETTE *à part.*

Que va-t-il lui répondre !

HORTENSE *à part.*

Oh ! le triste embarras.

DORVAL.

Mon oncle, c'en est fait, je ne puis plus le taire,
J'aime, et depuis long-temps Hortense a su me plaire ;
Guidé par mon amour, j'étais à ses genoux,
Afin de lui jurer de mourir son époux.

M: DURANT.

Comment, jeune étourdi, pouvez-vous bien prétendre
Qu'Hortense à de tels vœux puisse jamais se rendre ;
Mais vous n'y pensez pas.

DORVAL.

Sensible à mon amour,
Hortense, oh ! j'en suis sûr, me payera de retour.

M. DURANT *d'un air moqueur.*

Je crois, mon cher ami, que vous perdez la tête ;
Vraiment vous êtes fou : qu'en pense-tu, Lisette ?

LISETTE.

Ma foi , je n'en sais rien.

LAFLEUR *bas à Dorval.*

Tenez-vous toujours bon.

M. DURANT *à Hortense.*

Daignez le pardonner, car il perd la raison.

DORVAL.

Mais si j'étais aimé ?

M. DURANT.

Non , cela ne peut être,
L'amour n'existe pas sans se faire connaître,
Je puis vous l'assurer; de plus, mon cher Dorval,
N'en soyez point surpris, vous avez un rival.

HORTENSE.

Monsieur....

DORVAL.

Se pourrait-il ! Qu'il s'offre à ma présence,
Il verra si je sais lui disputer Hortense.

M. DURANT.

Ne croyez pas, Monsieur, de lui faire la loi;
Respectez-le plutôt, car ce rival c'est moi.

HORTENSE *à part.*

Qu'entends-je !

LISETTE *à part.*

Le vieux fou.

M. DURANT.

Hé bien , où sont vos armes ?

DORVAL *avec ironie.*

Mon oncle, c'est à vous de posséder ces charmes;
D'être votre rival je conviens que j'ai tort;
Mais vous permettrez bien qu'on prononce mon sort,
Et quel que soit le choix qu'Hortense puisse faire,
Je jure et vous promets que je saurai me taire.

M. DURANT.

Dorval, autant que vous je serai généreux.

LAFLEUR *à part.*

Fort bien, nous le tenons.

M. DURANT.

                    Je partage vos vœux ;
Veuillez donc prononcer, mon adorable reine,
Un seul mot suffira pour nous sortir de peine ;
Il est vrai que je sais quel sera votre choix,
Car un cœur délicat ne choisit pas deux fois.

HORTENSE.

Je ne vous tairai pas que tout ceci me blesse,
Et qu'il répugne même à ma délicatesse ;
Mais puisqu'il faut enfin proclamer le vainqueur,
C'est à votre neveu que je donne mon cœur.

DORVAL.

Hé bien, avais-je tort ?

HORTENSE.

                    Dès l'enfance orpheline,
Je puis prendre celui que le sort me destine ;
Ainsi, nous pouvons-donc épouser librement,
Si vous nous accordez votre consentement.

M. DURANT.

Mais que dites-vous donc ? Parbleu, Mademoiselle,
A ce qu'il me paraît vous me la donnez belle :
Ingrate, est-ce l'amour que vous aviez pour moi.

HORTENSE.

En vérité, Monsieur, je jure sur ma foi
Que je ne comprends rien à tout votre langage.

M. DURANT *lui montrant la lettre.*

Voilà, pour vous confondre, un puissant témoignage.

HORTENSE, *après avoir fixé la lettre et la remettant à M. Durant.*

On vous aura trompé, soyez sûr et certain
Que jamais cet écrit ne fut fait de ma main.

M. DURANT.

Cette lettre est de vous, voyons, parle Lisette.

LISETTE.

Non, Monsieur, car sachez que c'est moi qui l'ai faite,
Et que j'ai cru bien faire en servant deux amans
Que vous faites souffrir voilà déjà long-temps.

M. DURANT.

Ah! maudite guenon.

LISETTE.

Daignez me faire grâce.

M. DURANT.

Non, je veux me venger et punir ton audace;
Me jouer à ce point, et vous l'avez souffert.

HORTENSE.

Je l'ignorais, Monsieur.

LAFLEUR *à part.*

Me voilà découvert.

M. DURANT.

Mais dis-moi quel démon , quelle ame possédée
Aura pu te donner cette fatale idée ?

LISETTE.

Peut-être serez-vous moins de mauvaise humeur
Lorsque vous apprendrez que c'est monsieur Lafleur.
(Ici M. Durant fait un mouvement de surprise , et fixe La-
fleur sans lui parler).

LAFLEUR *à genoux.*

Monsieur, pardonnez-moi cette petite ruse ;
De vous avoir joué je vous demande excuse.

(Il se relève).

M. DURANT.

Misérable.

HORTENSE.

Monsieur.

DORVAL.

Mon oncle.

M. DURANT.

Taisez-vous ;
N'allez-vous pas penser de me voir en courroux,
Qu'on ne peut me fléchir, que je suis intraitable ;
Non, je ne vois ici que moi seul de coupable,
Or vous avez bien fait de me jouer ce tour ;
Puisque j'ai dédaigné de connaître l'amour ;
J'éprouve maintenant combien il a de charmes,
Et c'est avec plaisir que je lui rends les armes.
Oui , j'abjure à jamais cette fatale erreur
Qui me fit toujours voir l'amour avec horreur ;

Mais comme il est trop tard afin que je commence,
J'unis, pour m'en punir, Dorval avec Hortense ;
Ainsi, mes chers enfans, soyez toujours heureux,
Je serai satisfait d'avoir rempli vos vœux.

HORTENSE.

Que ne vous dois-je pas.

DORVAL.

Est-il plus douce ivresse.

LAFLEUR.

J'espère que Monsieur nous tiendra sa promesse.

DORVAL.

Vous pouvez y compter ; quant à toi, cher Lafleur,
Je n'oublierai jamais que tu fis mon bonheur.

LAFLEUR.

Nous allons être heureux, qu'en pense-tu, Lisette ?

LISETTE.

Qu'il me tarde déjà que la noce soit faite.

M. DURANT.

Lafleur épouse aussi ?

LAFLEUR.

Ma foi, que voulez-vous,
Je n'ai pu résister au désir d'être époux,
Malgré tous mes efforts mon cœur n'a pu se taire,
De plus, nous sommes faits pour aimer et pour plaire.

M. DURANT.

C'est bien, mariez-vous, car le plus triste état
Est celui de vieillir dans l'affreux célibat.

FIN.

www.ingramcontent.com/pod-product-compliance
Lightning Source LLC
Chambersburg PA
CBHW060838180626
46818CB00004B/1504